Con amor, para Tom, Luke e Isaac,
y para todos los que se preocupan por la naturaleza.

Título original: THE LAST TIGER
Texto e ilustraciones © Petr Horáček, 2019
Publicado por acuerdo con OTTER-BARRY BOOKS Ltd,
Hereford HR1 3QS, Reino Unido

© de la traducción castellana:
EDITORIAL JUVENTUD, S. A., 2020
Provenza, 101 - 08029 Barcelona
info@editorialjuventud.es
www.editorialjuventud.es

Traducción de Raquel Solà

Primera edición, 2020

ISBN 978-84-261-4637-3

DL B 27120-2019
Núm. de edición de E. J.: 13.865

Printed in Spain

El último
TIGRE

Petr Horáček

JUVENTUD

En lo más profundo de la selva
vivía un tigre muy valiente.
Ningún animal era tan fuerte
y poderoso como él.

Un día, llegaron a la selva unos cazadores.
Todos los animales corrieron a esconderse.
Todos excepto el tigre.

–¡Tienes que esconderte!
–le apremiaron los demás animales.

–Yo no tengo miedo –rugió el tigre–.
¡Soy el animal más fuerte y poderoso de la selva!

Al día siguiente, los cazadores descubrieron
al tigre. Nunca antes habían visto una criatura
tan magnífica.

«Si capturamos al tigre, NOSOTROS seremos
los más fuertes y poderosos», pensaron.

Los cazadores regresaron a la ciudad
y tramaron un astuto plan...

Luego volvieron a la selva.
Fueron con muchos más hombres,
y con redes.

El tigre pronto fue vencido y capturado.

Fue llevado a la ciudad
para que todos pudiesen verlo.

El tigre fue encerrado en una jaula.

Venía gente de todas partes para verlo.
Les fascinaba aquel tigre tan grande
y tan fuerte que los miraba desde
el otro lado de los barrotes.

Pero él era muy infeliz.

El tigre soñaba
que corría libre
por la selva.

Ahora, en cautividad, se daba cuenta
de que su fuerza y su poder
no significaban nada.
Lo único que anhelaba era la libertad.

El tigre, en su jaula, cada vez estaba más triste y más débil.

Pronto la gente dejó de ir a verlo.

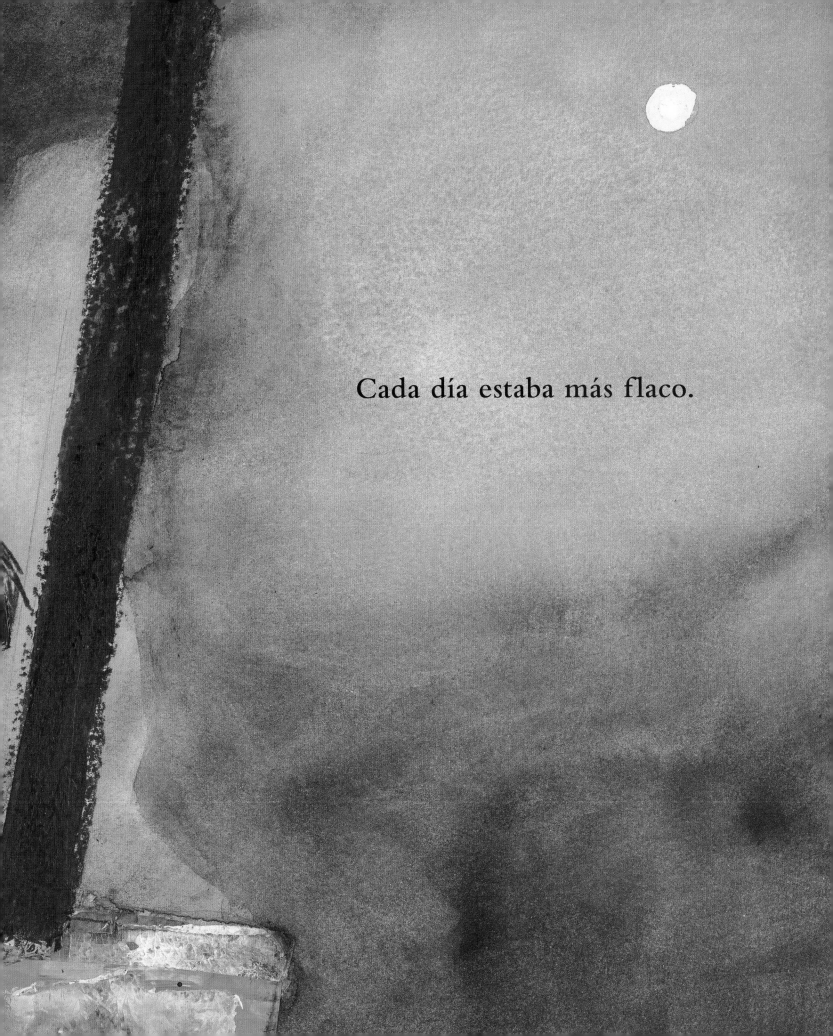

Cada día estaba más flaco.

Y entonces sucedió…

Una noche, el tigre se dio cuenta de que podía pasar entre los barrotes de su jaula.

¡Y eso fue exactamente lo que hizo!

El tigre emprendió el camino hacia
su libertad, y casi nadie se dio cuenta.

Con el tiempo, el tigre volvió a ser grande y fuerte. Pero se aseguró de que ningún ser humano volviese a verlo. Y jamás olvidó que su posesión más valiosa no era su fuerza ni su poder...

era su libertad.